Religiosa y Romántica

Religiosa y Romántica

Zaida Porto

Número de Control de la Biblioteca del Congreso: 2021901628
ISBN: Tapa Dura   978-1-5065-3606-4
               Tapa Blanda   978-1-5065-3605-7
               Libro Electrónico   978-1-5065-3604-0

Información de la imprenta disponible en la última página.

Fecha de revisión: 03/02/2021

Para realizar pedidos de este libro, contacte con:
Palibrio
1663 Liberty Drive, Suite 200
Bloomington, IN 47403
Gratis desde EE. UU. al 877.407.5847
Gratis desde México al 01.800.288.2243
Gratis desde España al 900.866.949
Desde otro país al +1.812.671.9757
Fax: 01.812.355.1576
ventas@palibrio.com
466981

ÍNDICE

Introducción

Religiosa y Romántica es una novela que muestra a una mujer que es extrovertida, sensible, llena de dinamismo y energía. Está acostumbrada a llevar una vida plena de felicidad no le importa el qué dirán. Su mayor interés es su bienestar y el de los demás, ayudándoles con sus consejos y oraciones, hace lo imposible porque su prójimo se sienta a gusto con ella, emanando de su boca palabras que vienen directamente de su corazón. Es implacable a la hora de ir a la iglesia, y mostrar su religiosidad, no está acostumbrada a dejar de ir a la iglesia por lagos periodos de tiempo, debe visitarla de dos a cuatro veces en semana ya que, siendo capellana de su congregación debe de estar a menudo en la iglesia, para aprender las enseñanzas del Divino Maestro.

Cumple a cabalidad con los mandatos de su pastor, mentor y consejero, lleva una fuerte amistad junto a él y su familia. Al pertenecer a este tipo de sinagoga, le permite a ella mostrarse ante la sociedad como todo un ejemplo a seguir, según sus pensamientos. No se deja poseer por los paradigmas de una sociedad que solo prejuicia y castiga a personas tan generosas. Entiende los desafíos del diario vivir, viviendo su vida como le plazca, hace lo que tenga que hacer solo para sentirse bien con ella misma, trata de mantener su imagen implacable sin importar que tenga que caer en boca de la gente, simplemente los caya con su ejemplo y cinismo.

Es una novela que trae un oscuro sentimiento de reproche y nostalgia donde la protagonista se siente inferior ante otras mujeres que lo tienen todo, familia, prestigio y dignidad. Se desquita burlándose de lo que vendría hacer el verdadero amor, entiende que los hombres están equivocados y para eso ella está ahí, para convencerlos de que tomen decisiones más sabias.

Observa a los hombres que tienen problemas en su diario vivir y utiliza la biblia para llegar a sus víctimas, este es su gran señuelo, pues los atraer hablándoles de temas religiosos. Se encuentra con celos infundidos por personas que solo la observan desde lejos en sus asañas ya que, al ser una intrépida mujer, lo único que le importa es satisfacer su promiscuidad con el que sea o quienes sean. Sentándose cómodamente en su papel de víctima, manejando sus encantos personales para manipular y controlar a los hombres, es cautivadora con sus carisias y no le importa lo que opinen de ella, pues es activista en una iglesia y eso es lo que más le importa. Diviértete con las ocurrencias de La Bella Betty en esta travesía donde ella trabaja y es acosada por sus compañeros de trabajo quienes la envidian por su manera de vivir, ya que la protagonista siempre se sale con la suya. Es una placentera novela compuesta de romance, acción y mucha intriga la cual impulsa a los personajes a quedarse perplejos hacia las diferentes acciones de la encantadora religiosa. Los nombres reales en esta novela fueron sustituidos por nombres ficticios para no involucrar la vida privada de las personas que protagonizaron algunas escenas. Cabe señalar que esta es la manera de vivir y de actuar de una persona de la vida real y las expresiones aquí expuestas no tiene nada que ver con la autora de esta obra.

"Aquel que no conoce su historia, está

condenado a repetirla"

-Napoleón Bonaparte-

Capítulo I

Nadie le espera en su lugar de trabajo, piensan que ella aun llora y que la sacaron de circulación, pues no se comunica con ninguno de ellos desde que se fue, que no podrá seguir dedicándole su vida al trabajo. Pero hoy es un gran día, ella esta lista en cuerpo y alma para una vez más demostrar, que no pudieron con ella, que es firme en sus decisiones y que tiene dos bocas que alimentar por tal razón debe de seguir hacia adelante. Sola, una vez más, dispuesta a seguir su camino, debe probarle a sus hijas que no necesita ningún hombre para sobrevivir que lo puede hacer con el amor que ellas le proporcionan.

Viernes, 9 de junio de 2017, 6:07 a.m. suena la alarma por segunda ocasión y decide despertar, camina en ropa interior hacia la cocina a preparar su café como de costumbre, se dirige al baño, asea su cuerpo, y peina su hermosa cabellera. 6:28 a.m. va al cuarto de sus hijas las levanta, para que se preparen e ir a la escuela, mientras ella se viste para ir al trabajo, llevaba ya seis (6) meses sumergida en una gran depresión y hoy decide preparase a salir, es un gran día para terminar con todo lo que la perturba. Esta decidida a trabajar y demostrarle a ese patán que no pudo con ella que se levantó de mejor ánimo y que está dispuesta esta vez a enfrentar la vida. Lloro lo suficiente, y preparo su armadura para los acontecimientos del diario vivir, ya no hay tiempo para más quejas es hora de hacer dinero, pues las cuentas se le vienen encima como un balde de agua fría.

Llama a sus dos hijas ya es hora de abordar el taxi para que puedan ir a estudiar, su hija menor se queda en la escuela cerca de su hogar la mayor se dirige hacia la Universidad. Todo está accesible, el lugar donde viven queda cerca, la escuela, la Universidad, su trabajo, y lo más importante para ella su iglesia, un paraíso, pues no tiene que manejar largos periodos de tiempo. Por el camino ora junto a sus hijas, cantan canciones de alabanza y su hija menor saca la biblia para poder leer un salmo, y encaminarse hacia su jornada. Deja a sus hijas, pero antes les echa la bendición, confiando que estarán bien pues ella ora mucho todas las noches por ellas.

Se dirige a su trabajo con una música sacra, claro está, no hay tiempo de escuchar música mundana, eso no es correcto, y la música religiosa es la única que calma su ansiedad y la hace sentir segura de si misma. Llego la hora, al llegar paga el boleto para obtener su turno (algo nuevo para ella) de esta manera se acomoda en la fila que le toco, se estaciona, tiene el número 068, ¡nada mal!

Apenas son las 8:14 a.m. esa siempre es aproximadamente su hora de llegada, se acomoda en la fila 5, hay 67 carros delante de la guagua de ella. Se queda en su auto montada no quiere salir hoy al estacionamiento, no desea que nadie la vea, solo quiere buscar su pasaje terminar su día y regresar a casa con el dinero que hizo.

Es un ambiente de trabajo incomodo, sobre todo cuando eres mujer, en pleno siglo XXI, ¿cómo pueden ver hombres tan machistas e incomprensibles, como son algunos de los que hay aquí? Comenzó a sumergirse en sus pensamientos: "Es como si no hubiesen evolucionado nunca, como si nosotras no podemos hacer, lo mismo que ellos placenteramente hacen, coger a las mujeres de lo que no son".

-Pensó mucho en la cogida de boba que le dio Leo, dirigente de su ambiente labora, "pensé en que me quería y que me propondría matrimonio del bueno. Estaba confiada de que mis encantos y mi manera de ser lo atraerían hacia mí, dejando a un lado su hogar y su familia".

- pero que confundida estuve, eso no pasó, mas me utilizo solo para saciar sus caprichos, y luego barrer el piso conmigo. Una vez más caí redonda como una tonta, como pudo suceder, le demostré ser todo para mi y yo me entregué a él en cuerpo y alma".

Comenzó a llorar y siguió sumergida en sus pensamientos:

"Luego de ir a esa de fiesta en navidad junto a mis compañeros de trabajo, me percato de toda la verdad, que me estuvo utilizando por meses, y es ahí cuando lo veo junto a su esposa, le mande recado con un amigo de que esas cosas no se le hacen a ninguna mujer. Más me ignoro y me dejo sumergida en una terrible depresión que yo misma supere, esta vez me comportare de manera bien diferente de lo que le había demostrado a él".

Termino su lamento, y empezó a distraerse en otra cosa hasta que le tocara su turno, encontró una revista y se puso a mirarla así distrajo su inquieta mente.

Es hora de salir al área de abordaje, ya son las 10:48 a.m. se la pasó casi dos horas y media en su vehículo escuchando su música favorita. Ya estacionada ceca del terminar A, la persona que dirige el tráfico le hace una señal para que se dirija a la segunda puerta y ahí tomar el cliente que le haya tocado.

Se acerca su primer cliente para abordar con ella, un señor mayor, quien le dice:

— ¡Al hotel Mira Flores por favor!

Disimuladamente apaga su radio…

— Puede dejar la música no me molesta, señorita

— Como usted diga… solo la bajare un poco

— ¡Bien!

— ¿Como va su día señor, como estuvo el vuelo?

— Nada mal, a pesar de las turbulencias que hubo.
¿Y el suyo cómo le va? Casi son las doce del
mediodía, supongo que ha realizado varios
viajes llevando a los pasajeros a sus diferentes
destinos turísticos. ¿No?

— Pues la verdad que, a este mes se le conoce
como temporada baja o tiempo muerto, pues
no vienen mucho turismo y la mayoría son
personas que vienen a conferencias, así que
usted es mi primer cliente.

— ¡O Valla!

— No se preocupe señorita que por su simpatía le
dejare buena propina.

— Gracias señor, ¡llegamos! Ahí esta el hotel donde
usted se hospedará, le ayudare con su equipaje

- No se preocupe, estoy bien, no es pesado solo vengo por dos días para una importante reunión de negocios.

- Si desea, le puedo otorgar mi tarjeta cuando esté listo, le puedo transportar del hotel al aeropuerto, si me lo permite.

- Será un placer, ¿cuánto es?

- ¿Le dieron un papel en el aeropuerto? Es una factura dice la cantidad que le debo de cobrar por el transporte.

- ¡Ah! Si, sí que torpe aquí esta pensé que era una bienvenida y me dije que la guardaría para leerla luego.

- Tenga son $18.50 pero como le dije, por su simpatía le daré $10.00 extra, por el buen trato y la conversación que me ha dado, ya a mi edad uno ve la vida de una manera distinta y lo único que quiere es ayudar a quien se lo merece.

- Gracias, señor, que tenga usted un excelente día, y no dude en llamarme si desea que le busque para llevarle de regreso al aeropuerto.

11:50 a.m. solo tiene $28.50 en su bolsa y debe detenerse por el camino, echar gasolina y continuar en su jornada.

De regreso al estacionamiento, recuerda como han cambiado las cosas desde que ella desapareció, sin decirle nada a nadie, lo bueno de ser su propio jefe es que puedes acomodar tu tiempo según tus necesidades. Hay una nueva regla impuesta hace poco, para poder entrar a coger pasaje hay que pagar un dólar por el estacionamiento. -Más gastos- "pensó"

Llego nuevamente, y esta vez se percató que, en el estacionamiento del lugar, estaba el carro del líder de la compañía de los taxis, el mismo mal nacido que le hizo cambiar su forma de ver la vida. De quien verdaderamente ella se enamoró, por lo menos por quinta ocasión, en las anteriores también lo había hecho, pero en esta ocasión ella quería una relación más seria, quería representar a su hombre como la dama elegante que suele ser y demostrarle a él que esta a su altura, que puede lidiar con ser una verdadera señora en todo el sentido de la palabra, más él no mezcla una cosa con la otra. Su relación con el trabajo es meramente profesional y su manera de pensar es, que no se debe unir lo laboral con lo sentimental.

-Tanto que me esforcé en darle todo lo mejor de mí a ese hombre, y resulto estar casado, no dejara a su esposa, ni su hogar. Me uso, me humillo y me tiro a estos lobos salvajes como si yo fuese cualquier cosa. –

Encerrada en su guagua, comenzó a sentirse triste y con mucha ansiedad, hace mucho que no lo veía y aunque fuese de lejos, aun dolía la mentira y la traición, nuevamente se había encariñado demasiado rápido con alguien y repetir su torpeza que la sumergió en tan terrible depresión, que casi le cuesta la vida. Se seco las lágrimas, saco un delineador de su bolsa y comenzó a maquillar sus ojos saltones, se puso un hermoso pintalabios color café y arreglo su cabello.

La guagua tiene tintes oscuros y de esa forma ella se podía desahogar en su vehículo sin que nadie le interrumpiera. Así paso esa tarde, esperado nuevamente su pasaje, pidiéndole a Dios que fuese de larga distancia, pues la ganancia es mucho mejor que un pasaje cerca del aeropuerto. Aunque se sentia bendecida, su primer cliente le dio buena propina, pensó: en que se puede repetir. Y espero, a por lo menos realizar cuatro ideales viajes, para poder ir de regreso a su hogar.

Terminado el día llega a su casa, donde están sus dos hijas esperándole, debe preparar la cena, dejar la mitad de la comida para llevarse mañana, y poder almorzar. Deja todo listo en su hogar, a sus mascotas las cubre con una frisa para que no pasen frio en la noche, antes de irse a dormir ora para poder reposar con tranquilidad en la noche.

Capítulo II

— ¡Un día más en esta absurda ironía! (Grita... un compañero en el estacionamiento).

— ¿Porque comentas eso?

— ¡Hey! Cuando llegaste, que sorpresa verte de nuevo, pensé que no volverías, sin saber nada de ti, desde hace mucho.

Llegue a las 8:00 a.m. como de costumbre, abrí la ventana de la guagua para tomar aire fresco y te escuche hablar de esa manera, como los carros están tan pegados unos con otros, pude escuchar con facilidad.

— Pues estoy cansado de las contantes peleas de mi mujer, ya me tiene arto, aborreció y pienso en separarme...

- ¡No digas eso! Ven a mi guagua pondré el aire acondicionado en lo que esperamos en bajar a recoger pasaje en el área de llegada y de esa forma te desahogas.

El hombre blanco, fornido, ojos verdes, se monta en la parte posterior, ella decide ir a su lado es una guagua grande para pasajeros y tienen mucho espacio. Junto a su compañera de trabajo, quien intrépidamente se le sale un pezón, por encima de su ligera blusa, ella comienza hablar…

- ¿Y cuéntame desde cuando estas casado?

El intenta responder, pero solo se deslumbra por sus pechos los cuales, en ese momento le hacen olvidar que está casado.

- Este… pues llevo como siete (7) años, la situación se esta saliendo de control entre nosotros, ya no hay tanto cariño como antes, discutimos constantemente hasta delante de los niños…

¿Y eso a que se debe? mientras ella, pasa su dedo lentamente por su pezón.

El se queda perplejo están en pleno estacionamiento donde hay más de doscientos cincuenta (250) autos ubicados todos juntos como en un pequeño estadio de "football". Es un lote bien grande para carros y en cada una de las filas hay nueve (9) grandes vehículos para pasajeros en espera de poder realizar su cuota de dinero. Es bastante ventajoso para ambos, pues nadie se da cuenta de lo que sucederá.

Él está completamente excitado, solo por el echo de ver ese pezón color rosa que lo ha dejado atónito…

Ella le comienza hablar de cosas de la biblia: has escuchado de **1 Corintios 13:4-5**

"El amor es paciente, es bondadoso. El amor no es envidioso ni jactancioso, ni orgulloso"

Ocurre una pausa, ella coloca la mano de él sobre su entrepierna, ella completamente húmeda, cierra sus ojos, pero sigue hablando… él comienza a masajearla y;

Ella continua:

"El amor no se comporta con rudeza, no es egoísta, no se enoja fácilmente" …

Él ya alcanzo su completa erección, ella esta lista para que él la tome entre sus fornidos brazos y la haga suya solo en ese instante, le hace entender a él, que tiene el control absoluto de la situación. Que saque a pasear al hombre salvaje que lleva adentro.

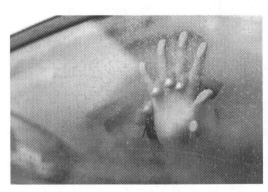

Ella se desliza su ropa interior y se le trepa entre sus pierdas, él comienza a besarla en todo su cuello, al llegar al pecho con sus dientes muerde sus pezones, estaba loco por hacerlo desde hace un rato. Ella estalla de placer y de lujuria con él debajo, sigue y sigue hasta alcanzar el clímax en su totalidad, todo fue mágico, en ese momento, pero solo fueron ocho (8) explosivos minutos…

Ella continua:

"y no guarda rencor" …

se coloca sus pechos en su lugar y se acomoda su falda que refleja la religiosidad que lleva en su interior.

- ¡Wow! El responde, como puedes hablar tan sensual… estoy perplejo.
- ¿Te sientes mejor?
- Nuevo, renovado…

Ok, pues ve, y cuando termines tu jornada de trabajo, lleva a tu esposa a dar una vuelta, por los pintorescos paisajes de nuestra Isla, siéntete libre, desahoga cada una de las cosas que me expresaste, háblale de lo mismo que te comenté, verás que ella cambiara de opinión.

Con mucho disimulo se baja del auto, La Bella Betty exhausta y sudada, espera a que él se aleje y se pierda entre los carros para abrir ambas puertas deslizantes de la guagua y bajar los cristales, quiere que el fuerte olor a sexo desaparezca y seguir tomando un poco de aire fresco con tranquilidad, y que nadie que suba a su auto se percate de lo sucedido.

Prende la radio en AM, por casualidad escucha que comienza hablar el pastor de la iglesia a la cual ella asiste, en su programa radial y le presta toda su atención a cada una de sus palabras. En una de las partes del sermón de hoy, el pastor les pide a sus feligreses que llamen a la emisora para solicitar una oración por las personas que tienen problemas en sus matrimonios, ella decide llamar y poner en oración a su compañero de trabajo, al que ella estuvo aconsejando. Quiere que las cosas se arreglen entre él y su pareja, pone su granito de arena en esta sociedad que estimula a que los matrimonios se dividan y de esta manera sentirse bien con ella misma…

Capítulo III

Día de ir a la cafetería, lugar donde se encuentran las mejores lenguas de la historia no hay ninguna persona que se escape de tan crudo cedazo, NADIE. La cafetería es un lugar muy extravagante frecuentado por los personajes de la vida real de diversas nacionalidades y culturas, es un gran embotellamiento emocional de algunas mentes positivas y otras negativas donde se habla de todos los temas habidos y por haber. Son tantas y tantas las personas que visitan tan majestuoso lugar lleno de tanta hipocresía y cinismo, que no se puede precisar a ciencia cierta quién tiene la razón o quienes inventan cuentos que en la mayoría de los casos solo es para desacreditar.

El lindo, el feo, el valiente, el tímido, los groseros, el educado ninguno se escapa de las famosas lenguas que habitan en la cafetería, al pasar tantas horas de trabajo, quienes la frecuentan se saben la vida de los demás y lo que no se lo saben se lo inventan, día y noche lo único que hacen es difamar y criticar a los demás, es como si los llenara de orgullo hablar del prójimo sin importar el daño que realicen. Está abierta desde el amanecer hasta altas horas de la noche para tratar de saciar el hambre de los transportistas que tratan de tener un descanso reparador en ese lugar tan enérgico. Se aprende de todo menos a ser sincero y decente, ya que, por culpa de personas inescrupulosas, hace varios años ocurrió un lamentable homicidio, debajo del conocido "árbol de la sabiduría", como muchos mencionan, ubicado cerca de la plazoleta de los jugadores al domino donde se reúnen la mayoría de los choferes.

No se cansan de hacer daño, es como si les complaciera hacer el mal para luego burlarse de las personas, parecen no ser humanos y sí animales de rapiña buscando que presa nueva poder devorar con sus feroces lenguas. Ninguna persona se escapa de ellos, por más bueno o buena que sea, o lo bien que haga las cosas, siempre abra una crítica no hay como complacerles a todos; solo continuar viviendo, sigue pensado La Bella Betty en lo anterior expuesto.

El aire acondicionado, está siempre encendido en tan acogedor lugar por lo menos para descansar un par de horas. Hay dos baños uno para caballeros y el otro de damas, pero para poder entrar en el baño de las damas, se necesita una llave ya que la puerta es de acero y siempre debe de estar cerrada para que los hombres no entren a defecar sus necesidades biológicas, a las mujeres no les gusta eso ya que la mayoría no son organizados ni limpios. Son baños antiguos no son de cubículos, y hay un baño correspondiente en cada uno, por tal razón deben de estar separados.

Hay dos entradas una que conduce desde la plazoleta hasta adentro de la cafetería, la otra conduce desde el estacionamiento hasta el área de los juegos. El interior es bien grande, tiene un salón de entretenimiento donde se ubica una mesa grande de billar, lugar perfecto para los frecuentes encuentros visuales llenos de señas, donde entran juntos al baño, es aquí donde se posicionan algunos de los hombres para hacerle gestos a La Bella Betty.

En el pasillo que va desde la cafetería hasta el salón de entretenimiento, frente a la puerta de los baños, se encuentra la oficina del supuesto líder la cual tiene cristales para darle un toque transparente, claro está, le pusieron tintes de aspecto oscuro, para camuflar y tapar el contenido del interior de la oficina, de esta manera crearon un ambiente turbio y tenebroso. Es un lugar propicio para encerar toda la vulgaridad (para algunos) creada en la oficina, los encuentros de La Bella Betty con sus compañeros de trabajo, los cuales son más que frecuentes, ya que en ese lugar le rompieron su tierno corazón. Así que tomo la decisión de hacer lo mismo que ellos, si quiere coger en el baño, en la oficina o en pleno estacionamiento, lo hará sin pena y remordimiento ya que eso es los que aprendió con el tiempo trabajando en ese lugar.

Sufrió, mucho, más de lo que la gente se imagina, la diferencia es que decidió afrontar la situación de la misma forma y manera que lo afrontaron algunos hombres, y se aferró a la idea que no valía la pena sucumbirse en una depresión amorosa. Pensó intrépidamente en actuar así para burlarse del amor, y aunque se sienta despreciada por los hombres solo busca el placer en todos los que la llamen "bonita" eso le basta a ella para poder abrir las piernas, es la única manera que tiene para sentirse complacida y así percibe su felicidad, aunque sea en un placentero instante.

Antes de abrir la puerta para entrar al rincón de las tinieblas, le viene rápidamente a la mente entre sus pensamientos, la palabra de Dios que dice:

Santiago 3: 8 "pero ningún hombre puede domar la lengua, que es un mal que no puede ser refrenado, llena de veneno mortal."

Prontamente al abrir la puerta, recibe un cálido abrazo de su mejor amiga Lorna, anfitriona de la majestuosa cafetería, quien es una simple cajera que ha dejado su vida pegada en ese mismo lugar, tras largos años como empleada, sabe la historia hasta de los primeros taxistas que habitaron la Compañía de los Taxis.

Gritando: - hola, hola, hola, ¿cómo estás? querida amiga hace dos meses que me entere de tu regreso y no por ti, pues ya sabes, por los demás…

- Siéntate, cuéntame ¿cómo va todo?
- Pues bien, y tu como estas, como sigue tu hijo
- Bien, está mejor sigue en sus terapias
- Sabes que desde la oficina te observan
- Si, lo se…
- Y vas a entrar hablar con él…
- Pues, no, la verdad que no. Al contrario, hablare con mi mejor amigo Turu, quien me ayudó mucho en los malos momentos y se la debo.
- Sabes que nuestro líder, Leo Juaquín está bien pendiente a ti. Saldrás con el ¿nuevamente?
- No. Estaré con Turu ayudándole a recoger la cuota mensual de los quince $15.00 dólares para la fraternización.
- Oh, valla, pero aún así no han dejado de mirarte desde que entraste.
- Si, lo sé, y no me esta malo al contrario que vea lo que se está perdiendo.

- Te contaré un secreto, sabes que Leo Juaquín no se tiene una correcta erección,

- ¡En serio!, no! Y tanto que se las echa con su cara de "Good loking" alardeado de que está bien bueno para su edad, y ósea que no se le para…

- Bueno no se si es el alcohol, pero no tienen una erección firme como los demás la tienen

- Tremendo bochinche, o lo dices porque aun estas despechada

- Para nada, ya lo superé solo digo la verdad, o será que soy una mujer muy caliente para él…

- Esa es la actitud, segura de ti misma

- Bueno, y que más da… ja,ja,ja… (Risas)

Según algunos, en ese ambiente de trabajo las mujeres no valen nada, comenta un machista de los tiempos de antaño…

- Las mujeres deberían de estar detrás de la cocina, dale a la mujer la libertad de expresarse y acabaran con el mundo, comentan.

Ríen bastante entre ellos, solo impera el machismo y el dominio de ser solo hombres, y nada más, solo les falta el mazo de los cavernícolas bien pintorescos que se verían con sus mentalidades retrogradas, se llenan de regocijo hablando solo de lo torpe que son las mujeres. Hombres de entre 60 a 80 años aproximadamente con mentalidad conservadora y por ser un lugar donde hay más de mil quinientos (1500) hombres es imperante el machismo. Por eso ella decide hacer con esos hombres lo que quiera, debido a sus angustias pasadas quiere demostrar que es fuerte, aunque en su interior refleja todo lo contrario.

La Bella Betty, como la conocen, su piel color canela, voz sensual debajo de sus lentes esta su mirada tierna y placentera, digna de todo respeto pues dentro de su estereotipo es la típica madre soltera que le demuestra a sus hijas su respeto al no llevar a ningún hombre a su casa. Ella le comenta a su mejor amiga Lorna:

— Sabes que a pesar de todo seguiré frecuentando el baño, prefiero tirarme (cogerse) a los hombres ahí que llevarlos a mi casa. Yo respeto mucho el hogar de mis hijas antes de llevar a hombres a mi casa a que se propasen con ellas.

– Si esa es tu manera de pensar, te la respeto. Le comenta Lorna…

Por tal razón su actitud, se presenta ante la sociedad, como la dama soltera, sin marido llena de sabiduría bíblica, cualquier mujer que la ve… desearía seguir su ejemplo, capellana en la confraternización religiosa en la cual ella asiste, llevadera con todo el mundo, especialmente con los hombres a los que ella enreda con su falda…

Una de las mujeres que comparte en otra mesa le comenta:

– ¿Cuántos hombres se ha llevado esa enredados en esa falda?

– No le faltes el respeto a tan excelente mujer, ella ora por sus compañeros de trabajo en especial los que van a la Asociación de Taxis, los funcionarios saben bien de esa falda, ahí ahogan sus penas y se sienten libres de las presiones de sus hogares, no la juzgues ella esta haciendo el bien, con esos hombres.

— ¿Has pensado en la de enfermedades veneráis que pueda tener, son muchos los hombres que han pasado por ahí? Solo digo...

— Esa no sabe lo que es eso, creo yo, solo su fe la tiene actuado de esa forma, tergiversa, las enseñanzas bíblicas para vaciarle el bolsillo a los hombres.

— Pamplinas, de que hablan, y murmuran...

Comenta una de ellas desde el otro extremo de las mesas...

— No me digan que hablan mal de la mártir, en eso se ha convertido ella en sus bocas, juzgadoras les debe de caer todo el peso de la divinidad encima, jajaja...

— Mira no seas ridícula si a esa no le ha caído dicho peso encima con lo mal que se comporta, yo por hablar y decir la verdad de como esa perra actúa pues no me caerá nada. ¡Deja de creer en estupideces por favor!

— Solo digo que esa tipeja vive su vida y ustedes no viven tranquilas, interfiriendo en los problemas de ella. Lo que haga con su culo es su problema y no el de ustedes par de bochincheras.

— Solo decimos que, si ella supiera que las enfermedades venéreas existen no actuaría así con todos los hombres, tendría dignidad y moral.

— Jajaja dejen de hablar y enfóquense en sus problemas, ella vivirá solo a su manera y no a la manera de ustedes. Además, ¿qué tiene de malo que venda su culo? En que eso las perturba a ustedes, si ni marido tienen, y las que lo tienen ni los atienden, porque no comienzan por buscar pareja en vez de envidiar la trulla de machos que La Bella Betty se tira al cuerpo. Horita hablara con ella para que ore por ustedes, se lo buscaron, par de serpientes venenosas.

— Uy, que ánimos los tuyos, mira como dices, déjala por allá, que no nos interesa sus oraciones. Jajaja

Las mujeres que hablaban y susurraban dejan las mesas vacías para dirigirse a trabajar, les toca bajar en su turno, mientras van saliendo de la cafetería observan que aún está ahí La Bella Betty...

- ¿Qué les pasa?

- a que te refieres

- porque siempre me miran esas mujeres, las escuche hablar

- deja el complejo, mija! Si total esas son un chorro de envidiosas, los maridos las tienen amargadas, y las que no lo tienen quisieran tenerlo, pero no saben cómo conseguirlos, además tienen que trabajar y trabajar para poder alimentar su hogar porque sino se les cae encima.

- no me gusta cómo me mira y las vi hablando señalando nuestra mesa

- ¿Y?

- que hablen todo lo que quieran, Bella Betty, sabes que cuando volvieras tenias que estar preparada para todo lo que iba acontecer

- si, y estoy más que preparada, es más presentare una queja ante mi Delegado Favorito, el hará que se guarden su lengua en el estuche y dejen de hablar

- voy a seguir atendiendo a los clientes, ya se esta llenando este lugar y debo volver a mis quehaceres, ya sabes cómo es esto, viene hambrientos y hay que atenderlos a todos por igual

- no problema, sigue ahí, veré que hago

Fría y calculadora así es ella, no le importa si un hombre se siente bien al lado de su mujer, es del tipo de mujer común, con sus espejuelos se presenta ante las personas como una mujer inocente, que ninguna persona dudaría de ella, sino más bien confían en ella y en lo que traer consigo entre sus piernas.

Sentada en una mesa, comienza a enviar mensajes de texto para ver a quien de sus compañeros de trabajo se tirará hoy. Sera, Guillermo, Mauricio, Victoriano, o Charlee el Trigueño, cuál de ellos, mejor aún a cuál de tantos. Acaban de limpiar la oficina y los baños, ósea que ya el motel esta listo para ella. Hay que hacer cortina, no se deben dar cuenta de lo que ahí sucederá si aparece algún amigo que quiera descargar su energía, y para sorpresa suya le contesta los mensajes Victoriano hace tres (3) días que no se lo tira al cuerpo así que le toca. Le hace seña a los muchachos los cuales se posiciona un grupo para jugar billar, y tapar el pasillo donde pasan las personas entre el baño y la puerta de la cafetería.

- Ya estas lista Lorna, voy a meter en el baño a Victoriano, me avisas cuando su novia llegue que no se dé cuenta
- Tranquila mete mano yo la distraigo con un buen café para que ella no sospeche.

Llega, Victoriano, todo listo, ella sigilosamente se mete al baño de las damas y dejando la puerta entre abierta para que pueda entrar a su encuentro, él se percata con la rapidez que ella actúa y disimula que jugara una mesa de billar velando el pasillo para poder pasar rápidamente a metérselo en el baño. Ambos están en su encuentro, se oyen gritos extraños pero los que saben hacen ruido para disimular los gritos provocados por la lujuria.

Llega la novia de Victoriano, Lorna rápidamente se percata de su presencia, y le estrecha los brazos…

- mi amor como estas hoy… ¿te preparo un cafecito?

- sí, ¿cómo estas tu? No has visto a Victoriano

- sarcásticamente se sonrie, y dice, no lo he visto, pero chequéate en la mesa de billar a ver si esta ahí, recuerda que este salón en bien grande y todo el mundo se pierde…

Disimuladamente envía un mensaje al celular de La Bella Betty… Llego la cabrona, y pregunto por su novio…

Bella Betty le contesta ya terminamos, trata de que se siente, no mirando hacia el pasillo, ya Victoriano va a salir…

- cuéntame que hace una mujer tan bonita como tu con un tipo tan feo como lo es Victoriano, -ríe-.

- te cuento, que me respeta a mi y mis hijos y con eso me basta

- ¿respeto? Jajaja, sabrán los hombres de hoy en día lo que es el respeto

Lorna, hace que la muchacha se siente al lado contrario y de esa forma no darse cuenta de cuando salga su hombre de su encuentro del baño. Victoriano se hace visible por los cristales de la cafetería para que su compañera no sospeche de él.

Bella Betty se sienta junto a ellas dos...

- hola, ¿cómo estás?

- bien y tú, te encuentras bien, estas sudada...

- si es que horita me subió la presión...

- oh! Eso es malo...

Continúa riendo Lorna, jajaja...

- sabes que la niña aquí presente me dijo que esta con su amado porque él la respeta. Te diré algo querida amiga: en este ambiente yo he visto de todo, cuando te hablo de todo es de todo. He tratado y he sentado en la misma mesa a la mujer y a la amante de un mismo hombre, con estos ojos las he visto compartir juntas, y comer del mismo plato.

- oh, bueno debe ser terrible, fingir.

Interrumpe La Bella Betty...

- dijiste fingir...

La mayoría de los matrimonios fingen, no todos, pero si la inmensa mayoría, fingen en ser "La Familia Feliz" eso de estar enamorados paso a un segundo plano. Se finge al decir que no engañan a su pareja, fingen cuando se tienen hijos utilizándolos para manipular al otro, aparentan quererse y amarse por no perder el amor de sus hijos o no perder sus bienes adquiridos en su relación matrimonial, según creen algunos. Disimulan cuando tiene amistades de que su matrimonio es perfecto, pero en realidad es un caos lleno de infelicidad y pobreza espiritual. Fingir es mendigar el amor de quien ya no te ama y quedarse a su lado por miedo a la soledad. Fingen por temor "al qué dirán" se aferran a la idea de que algún día las cosas mejoraran y no se dan cuenta de que lo que no mejora es su propia vida, así que deciden fingir y aguantar. Si fuésemos reales y omitiéramos hacer el papel de la verdadera felicidad, le haríamos daño a muchas personas a nuestro alrededor. Te has dado cuenta que las personas reales que no fingen tener un hogar o no fingen creerle a su pareja de que les haya sido infiel, SUFREN…

- por lo visto has pasado por muchas experiencias amorosas que te han hecho tener ese tipo de opinión sobre de lo que es el verdadero amor

- lamentablemente en el mundo en que vivimos nos enseñan a "fingir de que todo esta bien" cuando la realidad es otra. Solo observa que hasta los políticos fingen en esta Isla de que todo está bien, cuando la realidad es que la economía se está cayendo en pedazos, sin mencionar que la educación de los hijos en este país no vale nada. Y volviendo al tema anterior - yo si se lo que es el verdadero amor, es ese que se tiene uno mismo, y el que Dios me da, en eso es lo único que creo...

- entiendo, que lo único que haces es juzgar a la gente, porque no te ha tocado algo realmente sano en tu vida

- claro que he estado en relaciones "sanas" como las llamas tú, pero con el tipo de amigos que tengo que veo con estos dos ojos que cargan esto espejuelos, no puedo creer en el "verdadero amor", por las experiencias vividas y por lo que he visto en mis amigos, decidí cambiar mi manera de pensar con relación a ese tema. Al ver el comportamiento de ellos, entiendo que solo piensan con el pene y nada más que con ese órgano lleno de virilidad para ser liberada en cualquier parte del mundo.

- mira en realidad no se dé qué me hablas, bueno, las tengo que dejar ya vi a mi pareja y pienso compartir un rato con él, antes de bajar a montar pasaje

- claro, linda, seguiremos hablando en otra ocasión, me gustó mucho el tema se ve interesante, cuídate mucho por ahí.

- chao, cuídense ustedes también.

Se va la verdaderamente hermosa del aeropuerto...

- jajaja, estas pasá, la pendeja esa ni se da cuenta, de que su "amado hombre" la engaña contigo en el baño

- jajaja, no, la muy tonta, sigue pensando en "el verdadero amor" y en su "hombre ideal y perfecto" – risas sarcásticas – total, yo llegue primero, ella se tiene que atener a lo que sea le guste o ¿no?

- así mismo, tu estabas primero que esa pendeja. Que harás ahora aun no te toca recoger pasaje.

- aun no, voy a la oficina con Turu

- Nena, ¿cómo dices? Acabas de estar con uno

- sí, al parecer eso es lo que les gusta a los hombres, compartir la leche del otro en los carnosos labios de

una sensual mujer, - jajaja, - recuerda mi lema: "esto no
es para envolverse"

    - y como olvidarlo si lo repites a cada momento

Luego de eso entro a la oficina tenía otro encargo
que realizarle a su mejor cliente y amigo el Turu, debe
de pagar la renta de su casa y él ya tiene el dinero
disponible que se lo pidió a su humilde esposa Sofia.

— Hola, mi amor ya llegué

— Hey, cierra la puerta con seguro…

Después de veinte minutos, sale de la oficina
apresurada para el baño, debe de asearse un poco para
ir a recoger pasaje en el área de llegada. Piensa en su
amigo: "orare por ellos en la iglesia el domingo ya que
están pasando por problemas económicos así Dios los
ayuda a salir de tan terrible situación".

"Amor y deseo son dos cosas diferentes; que no todo lo que se ama se desea, ni todo lo que se desea se ama"

-Miguel de Cervantes-

Capítulo IV

Sábado 4:30 a.m. aunque no quiere despertar debe de hacerlo hoy es un día donde hay mucho movimiento turístico. Debe irse a trabajar en el muelle desde temprano, para poder hacer la fila en los taxis y realizar varios viajes de esa forma conseguir suficiente dinero, pagar la monta de los taxis ya que paga $150.00 a la semana. Aunque es su guagua propia debe de conseguir los $600.00 dólares mensuales para el uso de las tabillas que son alquiladas y no de su propiedad. Dinero que debe recaudar entre una cosa y la otra.

Sale de su casa como de costumbre bien limpia y perfumada, llega al muelle a las 5:40 a.m. tiempo suficiente para hacer un buen turno en la fila y poder hacer al menos cuatro (4) viajes en la mañana, faltan dos horas para comenzar su jornada, así que decide comunicarse vía Snapchat con su Delegado Favorito. Debe hacerlo antes de las 8:00 am, pues a esa hora comienzan a desembarcar los turistas de los barcos y se crea un gran movimiento de trabajo, por tal razón la comunicación debe ser temprano.

Esperando al Delegado Favorito de la Asociación de los Taxis, decide quitarse su ropa interior y ponerla junto a la biblia, de esa forma luego de su encuentro, leer algunos salmos de su libro predilecto.

Llega el delegado justo a la hora acordada en conversación vía chat, tan pronto pasa por delante de la guagua de ella, le hace señas. Con sus gestos sabe que se estacionara más adelante en la fila, y ella debe de caminar minuciosamente hasta la guagua del él, quien ansiosamente espera por ella. Ese día esta con un traje corto rosita, y sandalias doradas, no combina para nada en lo absoluto, pero verse bonita ese día no le importa solo la comodidad de tener ropa ligera, y adaptándose al momento apropiado.

El delegado espera por ella con los pantalones posicionados en los muslos, sentado en el asiento del chofer, disimula que está viendo sus emails en el celular, deja todas las puertas abiertas para que ella se pueda subir a la guagua y le explique con lujo de detalle lo que está pasando.

Todos en la fila saben, pero no pueden comentar nada... solo van hacer su trabajo que es lo que importa y sí se les ocurre decir algo y el delegado se entera perderán el privilegio de ser parte de la Asociación de Taxis y estar entre los que se les facilita la tarea de tomar pasajes en los altos volúmenes de trabajo.

Una vez más de tantas veces, ella llega hasta la guagua del delegado, ya es uso y costumbre que todos los sábados en la mañana ir a darle las quejas específicamente a él...

Ella se sube por la parte donde entran los pasajeros lado lateral derecho pegado a la verja donde nadie la ve, él le dice llegas 10 minutos tardes, tendrás que extender tu mamada 10 minutos más... ella acepta, pues solo quiere su dosis de amor y satisfacer sus ganas, eso es más de lo que puede pedir. Allí en el piso de la guagua está sin su ropa interior para que no estorbe y poder salir apresuradamente de esa situación.

Ambos disimulan, él está completamente excitado, mirando la fila y observando todos los taxis que están a su alrededor disfrutando los labios de la religiosa, en la cabeza de su majestuoso pene, según él ella lo acaricia con su lengua de una manera sobrenatural y sin tener que pagarle ni un solo centavo…

Es tiempo de pasar a la parte de atrás de la guagua ya ella sabe dónde se tiene que posicionar, él se arregla el pantalón, se baja de la guagua disimuladamente, dirigiéndose a las puertas traseras de la guagua, ella tiene que ser intrépida y brincar sigilosamente por los asientos de la guagua hasta llegar donde él la está esperándola con su pene, completamente excitado y mojado, para poder penetrarla una vez más, los sábados en la mañana.

Ella llega a su encuentro ya está acomodada con las piernas hacia arriba, ¿qué más da? Él sabe que ella se le ofrece a cualquiera de los tres (3) delegados que se han visto en la misma situación de aconsejarla, pues ella en eso es toda una experta. Debe de ser a la prisa, una vez más fugaz, pues alguien se puede acercar y dañar su polvo el abre las puertas de la guagua y le guiña un ojo que es su señal de que está dispuesto a metérselo y ella acepta su señal, con solo ese guiño se conforma, comienza a penetrarla, ella grita de placer, ella rompe a menearse, él ya la tiene atrapada, tiene que sujetar ambas puertas para que nadie los vean, tapa toda visibilidad con su gran cuerpo y estando de pie puede disimular que nada pasa que solo esta mirando para adentro de la guagua. Sentados en sus vehículos todos a su alrededor saben lo que haya está ocurriendo pero nadie puede ni comentar ni argumentar, es problema de ambos. El termina de descargar su semen en ella, su conformidad se ve reflejada en su sonrisa pícara, este tipo de encuentro solo dura 5 minutos, es descargar la furia de los comentarios por parte de sus compañeras de trabajo quienes la miran con desprecio al no entender sobre su enfermedad sexual.

El trata de sobreprotegerla, diciéndole a ella que no puede hablar de su relación con él para que los comentarios negativos de las personas, no interfieran con su hermosa relación y la destruyan, la muy boba se lo cree y hace lo que dice…

— - Como es posible que hablen así de ti tu siendo tan buena, religiosa y amable a la misma vez, eres una muchacha decente digna de, ¡admiración! Hablare con las personas que me has mencionado en las mamadas que me distes, para que te dejen tranquila, si siguen comentando de ti, no dejare que trabajen aquí en los muelles. Primero esta tu felicidad y paz mental que los comentarios absurdos de la gente.

— - no lo sé, no entiendo por qué tienen que mencionarme... -ayer estuve en la cafetería y solo escuchaba murmullos y murmuro a espaldas mías, eso me hizo sentir mal, pues sé de dónde provenían y hoy acudo a ti para que hables con ellas, que me dejen en paz. Yo no me meto con nadie, solo soy amable con los hombres me gusta serlo, por el hecho de no haber conocido a mi padre quien abandono a mi madre Cesí, cuando yo nací, no me da el derecho de ser hostil con los hombres al contrario trato de confraternizar con todos a la vez. Prefiero estar rodeada en un ambiente de hombres y no en uno lleno de mujeres ya que son demasiado competitivas y envidiosas entre ellas.

– - ahora entiendo tu forma de ser...

– - A que te refieres...

– - Bueno, dicen que las mujeres buscan enamorarse de los hombres que representen su figura paterna, ósea que buscan las mismas similitudes de su padre en su pareja, sí era alcohólico, te casaras o buscaras parejas con problemas de alcohol lo mismo si era un hombre mujeriego siéndole infiel a tu madre, así sucesivamente buscaras ese mismo patrón de conducta. Pero eso no aplica en tu caso, ya que nunca lo conociste por tal razón trataras de llenar ese vacío siendo una persona promiscua. Y a eso es lo que me refiero, es por eso tu manera de pensar.

– - Tal vez tengas razón, aunque si te digo que...

Las mujeres solo nos envidiamos unas a otras, y nos vestimos para demostrar unas a otras que somos superiores o tratamos de ser superiores por el simple hecho de vestir y maquillarnos mejor. Eso es lo que nos hace diferente a ustedes y esa competencia es importante ya que de esa manera recordamos que debemos estar bien ante las demás y tratar de salir apresuradamente de los problemas provocados muchas veces por querer hacer feliz a otros, sin recordar que la verdadera felicidad es estar bien con nosotras mismas.

Hace tan solo cien (100) años que nos otorgaron el derecho al voto, y hemos estados luchando por nuestros derechos desde ese tiempo, donde aun en pleno año 2020 la mujer es vista con inferioridad en algunos casos. Sabes qué, no hay cosa más machista que una mujer lo son más que los hombres, bueno algunas, pero me atrevo a decir que la inmensa mayoría, la crianza en nuestra cultura recae mas sobre los hombros de la mujer que de los hombres, y es por eso que crían con una conducta de esa índole. Es difícil enfatizar la suavidad por parte de una mujer hacia la otra, están llenas de rudeza y coraje acuñado desde pequeñas para sobrevivir ante los embates de esta sociedad marcada por el canibalismo emocional del machismo imperante que lleva a la crítica de que, si no eres una mujer fuerte, fracasaras.

Como es posible que luego de tantos enfrentamientos para debatir nuestros derechos aun no hayamos ganado algo tan simple como lo es el derecho de la igualdad de salario. Ósea que en pleno siglo XXI, aun seguimos ganando lo que a los hombres les parezca y no lo que realmente nos toca por nuestros méritos y sacrificios, eso no esta bien. Nos quejamos del machismo, pero en nuestra manera de educar o de criar a nuestros hijo e hijas le inyectamos el ser falócratas.

Los deberes deben ser igualados, el salario debe ser igualado, la dignidad del hombre es inviolable según nuestra constitución pero que ocurre con la dignidad de la mujer esa parte la omiten. La misma sociedad te empuja a ser así, y si no eres así te pisotean te hunden. Tanto en los comerciales, como los sitios que frecuentan te obligan como mujer a comportante de una manera que debe ser sumisa sin poner o dejar en perspectiva que piensas mejor que un hombre quien te ve como un trofeo, pero a la misma vez como una competencia des leal.

Es como si los hombres nos tuvieran miedo, a que le quitemos el poder, pero a qué clase de poder se refieren si son ustedes los que los que nos posicionan en ese lugar de inferioridad.

- Esta buena la charla, pero te tienes que, de vuelta a tu guagua, ya comenzaran a bajar los clientes del barco.

- Si, y para que sepas me gusta conversar contigo…

- De nada, aquí siempre a tu orden, y quédate tranquila, ignóralas es mi recomendación…

Se baja de la guagua del delegado para caminar hacia la fila, donde esta estacionado su taxi. Allí tiene toallas húmedas con olor, debe de perfumar su entrepiernas, ya que comenzara su jornada de trabajo y debe de estar aseada. Ya se le bajo el coraje de los comentarios, pone su música favorita a todo volumen, una muy famosa alabanza que tiene como título: "La niña de mis ojos" de Jesús Adrián Romero y comienza a cantarle al Señor allí delante de todos, los carros que pasan por su lado, solo se detiene a mirar por unos segundos, la forma en que ella eleva su plegaria y cantos al cielo, ella una vez se regocija sin culpa y sin complejos...

Capítulo V

Ya han pasado dos semanas y nadie se mete con ella, al parecer su Delegados Favorito realizo su petición de aconsejar a las personas que hablaban de ella a que la respeten y la dejen tranquila.

Domingo, bien temprano en la mañana, La Bella Betty se está bañando, para ir a la iglesia, Su Casa de Adoración, es una fiel activista de la iglesia, Capellana y tiene la encomienda de darle clases bíblicas a los niños. Sale de la ducha, esta en su cuarto, cuando suena el celular, es una video llamada de uno de sus compañeros de trabajo, ella contesta solo con su falda puesta.

— Hola, buenos días

— Hola, como estas me encanta que me contestes así...

– Me estoy terminando de vestir hoy hay un culto especial donde saldrán los niños a los que les doy clases, en una obra y quiero estar temprano en la iglesia.

– ¿Vendrás al muelle hoy?

– Hay barcos, (había que mover el pasaje desde el muelle a 20 km hasta el aeropuerto)

– Iré solo a trabajar en el aeropuerto a la 1:30 pm cuando salga de la iglesia,

– Tendré qué esperar a verte en la tarde,

– Si.

– Ok, no problema te veo en la tarde, por favor no dejes de verme necesito de tus sabios consejos estoy desesperado.

– No, te preocupes que ahí estaré.

Sale de su casa con sus hijas bien arregladas hoy el culto estará mas que interesante… llegan al estacionamiento de la iglesia. Se bajan y ella decide ir al salón donde están los niños:

– ¿Buenos días mis niños, como se encuentra hoy?

— Buenos días, maestra Betty

— Comenzaremos este día dándole gracias a Dios y cantando unas alabanzas a nuestro Señor

Canciones…

Luego del salón bíblico se dirige con sus estudiantes al culto, el cual ya va a comenzar en breves minutos…

Buenos días comenta el pastor de la iglesia…

Ella hace su entrada junto a sus niños, la confraternización de la iglesia completa están mas que orgullosos de ella.

Una de las madres comenta, mi hija tiene buenos modales desde que esa maestra apareció en esta iglesia.

Otra comenta, mi hijo sabe recitar los salmos desde que ella está aquí con nosotros.

Ella realiza divertidas actividades de enseñanza, entre las de vestirse como payasa para hacer amenas las fiestas familiares. Como capellana de la iglesia es la encargada de ministrar la palabra de Dios en los niños pequeños, claro está en su trabajo ministra otro tipo de palabra…

En la iglesia no saben ni sabrán de su comportamiento, es como si anduviera con una máscara de religiosidad y de ironía al mismo tiempo. Lleva dividida su vida entre el bien y el mal, no se junta con las mismas personas en los mismos escenarios, excepto por un feligrés de la iglesia a la que asiste es el único que carga su mayor secreto, pues no le conviene que sea revelado, se quedaría sin su familia. Y en eso es bien estricta, si dice algo es quedarse sin ella definitivamente. Así, pues bien, anda por la vida con su mascara bien puesta entre lo religiosa y romántica sin prejuicios llevando en su mente que solo Dios la juzga y que a él es a quien le debe de rendir cuentas, no a los simples humanos llenos de pecados. Su parte favorita de la biblia es la del Maestro junto a María Magdalena, la recita en su mente cuando se siente amenazada por las criticas humanas. Con amor recuerda la siguiente parábola: *Lucas 7:50 - Jesús dijo a la mujer: Tu fe te ha salvado, vete en paz.*

Comienza la música, la alabanza ella se sienta junto a sus hermanas de la iglesia, quien diría que hoy seria un día lleno de muchas bendiciones. En medio de la algarabía, ella comienza a sentir una sensación entre sus piernas, esta desesperada porque un hombre la toque, pues su éxtasis solo lo puede controlar un hombre, no importa cual sea, lo importante es que ese día como todos los días tiene que tener sexo. Mira a su alrededor y ve a uno de los hermanos, quien sabe y le hace una seña, está desesperada por encontrarse con él afuera del pasillo, pues ella sabe lo que tiene que hacer solo son ocho (8) explosivos minutos, de éxtasis y ese hermano sabe que es corto tiempo. Ella busca nuevamente la mirada de ese hermano y levanta sus manos es hora de ir al pasillo a entregarse en lujuria, quien tiene que disimular pues su esposa está a su lado…

La música se pone mas fuerte, es el momento de aprovechar, ella sale despavorida, al encuentro del pasillo, el la espera con ansias no hay nadie mirando, todos están muy ocupados con sus canticos religiosos, no hay nadie solo ellos dos…

Él sabe y ella sabe que tienen que darse prisa, ella se sube su falda, se acomoda su ropa interior como de costumbre y él la penetra al son de la música, lento despacio, rítmico y sensual pura poesía en movimiento, ella sede a su encuentro, esta de espaldas frente a él quien hace con ella lo que de la gana y ella se deja, pues solo tiene la necesidad de satisfacer su encuentro y nada más… El termina a velocidad, se introduce su miembro nuevamente en su pantalón, ella simplemente una vez más se baja su falda, fue un encuentro fugaz, tiene que dejar fuerzas para ir a trabajar al aeropuerto, no hay miradas entre ellos solo fue eso y ya. Ni palabras, ni gestos, ni despidos. Ambos saben que no deben de hablar pues su esposa, no lo quiere hablando con ella, ya que siente un aire de placer entre ellos y quiere evitar a toda costa un encuentro "amistoso" entre ellos. Aunque vallan a la misma iglesia no pueden hablarse esa fue la advertencia que le hizo su mujer a ella y el, pues nunca le dio buena espina la forma que ella miraba a su esposo… las mujeres saben cuando una puede ser medio suelta con su marido.

Ella se le despego solo le dio la espalda, él entra al baño de caballeros que esta bien cerca del pasillo donde ocurrió el encuentro entre ellos. Ella ya está liviana, de necesitar otra dosis de amor, tienen que esperar a llegar a su trabajo. Solo faltan 2 horas.

Entra nuevamente al culto donde los hermanos siguen cantando, ya es tiempo de escuchar lo que el pastor ese día tiene que decir...

Siéntense hermanos:

Hoy hablaremos de Mateo 7: 15-20

"Así que por sus frutos los conoceréis"

Y comienza hablar el pastor... todos en silencio, escuchando atentamente...

Luego de terminar el culto se dirigen al salón de actividades para regocijarse en el encuentro de alimentos, confeccionados por los hermanos de la iglesia. Ella participa en todo, la iglesia es su mayor refugio, donde se pone su velo y se siente aceptada, no la juzgan ni la critican, paso su tarde a terminar toda la actividad, decide despedirse y retirarse...

"El sexo es el consuelo,

Para los que ya no tienen AMOR"

-Gabriel García Marques -

Capítulo VI

Se levanta a media noche, sudorosa y temblorosa está completamente ansiosa. El sol no ha salido aún y para ella es como si fuera una eternidad, necesita su dosis, tiene que encontrar la manera de apagar ese fuego de placer y lujuria que recorre por sus venas. Se revuelca en su cama, desnuda y mojada, pasa sus dedos por ambos labios, juega con sus partes privadas por un rato, y no basta. Trata de relajarse y no lo consigue, debe prontamente sentir un placer mayor no conformarse con las carisias que emanan de sus manos, no puede con eso. Necesita desesperadamente el miembro viril y masculino, uno que este lleno de vibrantes venas que este lo suficientemente erguido para poder resbalar desde arriba hasta abajo las veces que ella lo necesite.

Tiene la necesidad de sentir el grosor de una cabeza, húmeda, y grande para poder calmar su ansiedad, comienza a sentir un cosquilleo solo con pensar en eso, con sus pezones parados decide coger el celular...

– ¿Habrá alguien disponible a esta hora?...

Se pregunta desesperada, pues no puede reconciliar el sueño nuevamente. Cada minuto que pasa se pone más y más inquieta, ya urge que aparezca alguien quien sea. Debe de haber uno que esté disponible allá afuera, se levanta de la cama, en su cuarto junto a ella, duerme una de sus mascotas, un perrito que es toda una adoración de lindo, ella lo tiene bien cuidado en eso también es toda una experta, decide abrirle la puerta y sacarlo fuera del cuarto y que se valla para la sala. No se siente cómoda, necesita reposar y buscar una distracción. Toma su celular a ver si hay algún hombre amigo de ella conectado en el WhatsApp, entra a cada uno de sus masculinos contactos, y no encuentra a nadie, decide poner la radio para escuchar algo de música, vestirse con su bata roja satinada, y dirigirse a la nevera a tomar un poco de mantecado, el favorito de ella de la marca Ben & Jerry's.

Ni un contacto conectado a esa hora, todos al parecer duermen junto a sus esposas, o respectivas parejas, y sola nuevamente decide esperar a que amanezca para salir temprano de la casa ya que no apareció nadie que sufragara su deseo sexual a esas horas de la madrugada.

Comienza a llorar preguntándose, ¿porque es tan difícil crear un hogar con un hombre?, la única debilidad que ella tiene, y que considera no debilidad, sino más bien es una virtud para ella, la de ser una mujer bien caliente en la cama. Es por esa razón que los hombres no la entienden pues no pueden con ella, si por ella fuera se los llevara de tres en tres para su casa, cosa que ellos no aceptarían, pero se pregunta ellos si pueden tener de tres en tres sus mujeres, amantes y amigas, ¿pero en qué clase de mundo vivimos? Ríe a carcajadas entre ella, pero no lo hace muy alto para no levantar a sus dos hermosas hijas. Termino con su helado, eso le subió en animo y le ayudo con su interno e intenso calor. De repente se escucha un auto llegar a la urbanización donde vive, rápidamente se asoma por la ventana y ve llegar al vecino de al lado de su casa, son las 2:05 a.m. disimuladamente enciende la luz de su barcón y sale a la marquesina, la cual queda justamente pegada a la de su vecino.

    – Buenos días, vecino…

    – Disculpé, Betty no quise despertarla…

    – No lo hizo, ya lo estaba…

El vecino ve que traer puesta una bata roja satinado, y claramente nota sus dos pezones hambrientos, queriendo ser devorados. Ella se queda observando a ver que él hará, le hace una seña para entrar a su casa por lo menos en el barcón nadie los ve y nadie sabrá, así que decide entrar, pues solo con los gestos ella habla y los hombres entienden no necesita decir nada, solo gesticular ellos captan lo que ella quiere. Obedece y entra sigilosamente.

    – Siéntese y póngase cómodo…

Rápidamente se le trepa entre sus piernas y comienzan los ardientes besos a besarla, ella saca de su pelo una cinta y le pide que le ate las manos detrás de ella, quiere que el clímax dure al menos quince (15) minutos, poder saciarse cinco orgásmicas veces, pero no puede esta tan excitada que comienza a derramar su libido sobre él, pues su esposa esta pasando por una cuarentena y no puede lidiar con el asunto de que él también esperar que más da, si total él le tiene de todo a su mujer, la cual no trabaja y el tiene que trabajar doble turno para poder sufragar los gastos de ambos. En ese momento solo pensó en él y nada más.

No hay tiempo que perder en echar un buen polvo cuando aparezca la oportunidad, y no se puede desaprovechar. Eso era lo que ella esperaba, así que decide darle en la cara con sus senos para jugar con él un rato... él más excitado la levanta entre sus manos y la pone sobre la pared, comienza a darle más duro llevaba tres largos meses sin poder tener un excitante encuentro y decide ponerle fin a su abstinencia ahí con ella, comienza a darle y darle hasta que por fin derraba su liquido sobre ella, se marea y se cae al suelo...

– Te estas portando mal vecino que diría su mujer, estando relajada y tranquila...

– Dejemos que repose...

– Espero, que esto no salga de su boca, tengo una intachable reputación y hay personas mal intencionadas que solo les gusta criticar y difamar...

– Soy una tumba...

Quedándose en ese trato, sale despavorido de su casa y se mete a la suya, ella ya con las luces apagadas decide ir a ducharse. Sale a vestirse con una bata grande y exagerada debe ser silenciosa, entonces decide abrir su biblia y encuentra subrayado una parte, donde comienza a leer **Proverbios 4:23** "Sobre toda cosa guardada, guarda tu corazón; porque de él mana la vida".

Comienza a llorar, y a sonreír a la vez. Una vez mas siente que Dios le habla y piensa en que sería de las personas si guardaran su corazón, no hubiese tanto odio ni rencor el mundo. Comienza a orar por cada persona que ella conoce, comienza a pedirle al Señor por la paz de los hogares, en especial por el de ella. Le pide por la salud de su vecina la cual tuvo un parto difícil y peligroso ya que su salud se vio seriamente comprometida. Religiosamente lo es, aunque piensen los demás que ella no lo es… si lo es, y eso para ella la tiene conforme y completa. De repente se le cae la biblia de las manos, y esta abierta en la página de:

Levíticos 20: 10 "Si un hombre cometiere adulterio con la mujer de su prójimo, el adúltero y la adúltera indefectiblemente serán muertos."

Piensa, que esa palabra no aplica para ella, pues no es una mujer casada. Decide cerrar el libro de todo conocimiento, y acostarse a dormir, mañana tiene que ir a la cafetería, debe de escuchar a sus angustiados compañeros de trabajo y prestarle audiencia de sus problemas una vez mas debe de estar lista para escuchar y tener sabias palabras para aconsejar a quien sabiduría le pida a ella. Su rol en la sociedad es importante, se sabe la biblia de la A, a la Z y cada quien tiene un problema el cual debe de escuchar y proporcionarle unos consejos. Su manera de pensar hacia el prójimo esta contemplada en las enseñanzas bíblicas. Piensa: "porque la gente se frustra tanto, porque no pueden tener amor propio y pensar en ellos mismos. Si fuese de esa forma las personas no sufrirían ya que no se aferrarían a cosas sin sentido"

Sigue sumergida en sus pensamientos mientras destapa la cama para acostarse cómodamente: "Solo se vive una vez, y las personas no viven, no aman, no siente el dolor ajeno" "Vive y deja vivir, sin culpas ni remordimientos, es tu vida no la de nadie más" "Cuando comenzaras a vivirla, cuando te darás cuenta que no se puede vivir una ilusión".

Se sumerge en un profundo sueño…

Capítulo VII

"Maldita ramera, roba maridos, sucia asquerosa"

Sigue una mujer desesperada gritando improperio frente a su casa… "llamare a la policía ya esto se ha salido de control"

-¿Qué le pasa? Toda una señora y expresándose en esa forma, eso no esta bien. Debe tener muchos problemas, la llamare para que me de una explicación.

Toma de su celular:

Ring, ring, ring suena en tres ocasiones y decide enganchar la llamada…

Mejor la veo de frente, a ver que tiene que decir… es un espíritu inmundo que se le ha salido de control, no ha podido controlar a sus demonios y está dejando que su coraje tome las riendas de su vida. Esto no esta bien.

Ella no es mala persona solo tiene que recuperarse y ponerse firme en sus decisiones.

Recibe una llamada, fría y angustiada decide contestar:

- Hola

- desde cuándo, maldita puta

- primero, cálmate, segundo no se de que me estas hablando

-sabes perfectamente de que estoy hablando, encontré una ropa interior en la guagua de mi esposo, ¿cómo pudiste?

-que dices, estas completamente loca, ¿qué te hace pensar que fui yo?

-la indiferencia de mi marido,

-no digas sandeces

-como pudiste hacerme esto, yo te di mi confianza y mi amistad, creí en ti, te llamé amiga y te traje a mi casa a compartir con nosotros.

-el echo de que apareciera una ropa interior en el vehículo de tu esposo, no te da el derecho de culparme, ¿no sabes ni de quién es?

-si, se, es tuyo dejaste el panty junto a una hoja de papel

-hoja de papel

-de un libro, la biblia para ser más específica. Estás enferma lo sabes, ¿verdad? ¿Cómo puedes esconder tu maldad detrás de eses disfraz de inocencia? Uno no va por la vida destruyendo matrimonios, ósea, no se supone que seas tu la que des testimonio de amor, y de que llevas una vida pura y casta. Solo utilizas a los hombres y luego vas y te ocultas detrás de la biblia.

-que decía el papel...

-es lo único que te importa y no el sufrimiento que mes has causado?

-te pregunte, ¿qué dice en la hoja?

-Proverbios 14: "La mujer sabia edifica su casa; más la necia con sus manos la derriba".

Hubo silencio como de tres (3) minutos...

-sabes, tu esposo me conto de que le levantas la mano, y estoy creyendo que ese tema es para ti... porque no dejas de hacer esas cosas y te dedicas a construir tu hogar... llevan más de dos (2) meses separados, y ya el mal humor se te ha subido a la cabeza, te esta nublando hasta el pensamiento, mira hasta donde has llegado. Una mujer tan hermosa como tu y no te estas dando cuenta de quien te esta destruyendo, eres tu misma.

Llanto, desconsolado…

-ya no sé qué hacer

-primero, pensar, con la cabeza fría, ya que con la cabeza caliente solo se nublan las ideas y no puede ver que realmente quieres. Segundo, luchar por ti y por los tuyos si eso es lo que realmente quieres, solo lucha. Y no digo de luchas con golpes o con gritos, digo de luchas de oración y de ayunos. Deja que todo lo bueno te siga y se manifieste en ti, deja que todo fluya, veras que, si dejas de levantar la mano y la voz, te volverás sumisa y suave como el viento, de esta forma las personas querrán estar a tu lado y no huir de ti. En cuanto a lo de la ropa interior, sabes que somos taxista y que estamos expuestos a muchas cosas, vemos de todo y escuchamos todo. Pregúntale a tu esposo sino tomo un pasaje raro de esos que las parejas alquilan el taxi para pasar una gran aventura sexual, pregúntale tranquila y relajada como si el sexo no te incomodara como si no fuera la cosa contigo, no tomando a mal. Veras que te dirá la verdad y nada más que la verdad. Cuando lo hombres no quieren perder a sus mujeres hablan con la verdad y con el corazón en la mano, hablan con voz varonil y romántica, solo te tienes que dejar llevar por el sonido de sus cuerdas vocales y veras que la vibración que emana viene directo de su corazón.

-lo siento, y no lo digo por ti, sino por mí.

-por lo de mi casa, lo dices? No vale la pena, no te preocupes, aunque pensé en llamarte a la policía, porque me asustaste con tus gritos. – es más si la discusión fuera por mí, yo no lo valgo, sabes porque, tu paz mental es lo que realmente importa. Yo no.

--voy a tomar el control de mi vida, y de todas mis circunstancias, no dejare que nada me turbe ni mucho menos me perturbe.

-vez, esa es la actitud, sabes que estoy para ti y en lo que necesites, y en lo que te pueda ayudar, te invitare un café la próxima vez que te vea. ¡éxito!

-Adiós

Ya entrada la tarde como a eso de las 2:00 p.m. decide hacer una llamada a tu mejor amigo Turu.

-hola, ¿cómo estás?

-que pasa, Bella Betty

-sabes quien estuvo por mi casa, tu ex esposa

- ¿cómo?

-las cosas andan bien entre ustedes dos, no me habías contado nada de lo del panty, como me puedes ocultar las cosas.

-un panty, de que coño estas hablando, tu y yo no tenemos sexo en mi guagua, solo te clavo en la oficina de la Asociación.

-exacto, nuestro placentero encuentro es solo ahí, no me cabe la mejor duda, pero como ella encontró un panty y la bendita hoja de la biblia que te había dado ¿juntas? Ose no lo entiendo...

-pues, a la verdad que yo tampoco, lo sé... aunque pensándolo bien, le di pon a dos muchachas que eran jóvenes y note que se besaban y se pusieron "hornee" oh! Hasta yo salí excitado ese día con tanta ternura entre ambas...

- bueno ahí, esta! Pues yo le comenté eso mismo que tal vez tomaste uno de esos pasajes que cogen el taxi de motel y se les habrá quedado esa pieza de ropa.

-habla con ella y cómprale un regalo por lo menos la situación no llego a mayores, ella es una mujer correcta así que entrara en razón.

- ella ha estado un poco indispuesta por estos meses, sus cambios hormonales me tienen loco, y no se si me va a escuchar.

-claro que lo hará, yo la disuadí un poco, ahora te toca a ti poner el resto para que ella vuelva a creer en ti y te ame como nunca!

-hay amiga no se ni que decirte, sino fuera por ti mi matrimonio será un completo fracaso, y dime, donde andas, ¿vas al aeropuerto, y echamos un polvo?

-Turu, hoy no, me lo tomare libre, iré al spa a relajarme me hace mucha falta luego del mal rato que pase, me mimare un poco.

-pues cuando llegues al SPA, me avisas, hablare con la masajista y te pagare lo que sea.

-ok, esta bien te llamo ya mismo como dentro de una hora, y pagas dobles.

- ¿doble?

-claro, doble, pagaras el mío y el de tu esposa, se lo merece. ¡Solo por soportarte se lo merece, jajaja!

-esta bien querida amiga, tu mandas.

-hablamos luego.

"Ama mucho,

Confía en pocos,

Y no hagas daño a nadie"

- William Shakespeare -

Capítulo VIII

Nombre: Bella Betty

Edad: 46

Dirección: Calle Felipe # 8, Estancias del Parque

Profesión: Taxista

Luego de varios minutos en silencio…

Se quitará toda la ropa, incluyendo los zapatos, se pondrá la bata con la abertura hacia atrás se acostará tranquilamente, le daremos un tiempo a solas, y luego entraremos.

Ok, no hay problema

Luego de un instante, llega el medico junto a otra enfermera, la cual asiste a la misma iglesia y es prima de la mujer que no quiere que su marido tenga amistad con La Bella Betty.

Se percata y se baja de la camilla

¿Nerviosa?

Un tanto inquieta, pensé que me atendería la otra muchacha que me dio la bata.

Ella es la asistente de suministros, quien me acompaña ahora es una enfermera graduada, y es mi ayudante.

Hubo una mirada penetrante de parte de la ayudante.

Se vuelve acomodar en la camilla,

Baje las caderas hasta el borde por favor…

Como diga Doctor, ¿cuánto durara el estudio?

Lo necesario, debo introducir los instrumentos para poder examinarla y mientras tanto le hare preguntas adicionales a las ya echas.

Fuma: no

Consume drogas: no, yo voy a la iglesia…

¿Es casada? No.

Se encuentra usted activa sexualmente: ¿debo responder?

Si desea, los médicos sabemos cuando nos mienten si su respuesta es no, sabré que sí porque su cuerpo no me miente.

La respuesta es, sí.

Bien ya casi terminamos, tomare una muestra más, esta vez será mas dolorosa que la anterior debo retirar tejido de su matriz para poder examinarla a profundidad y descartar algo que encontré de esa forma me asegurare de que ese algo no sea maligno.

Como dice: Doctor, tengo algo malo

Interrumpe el médico: ¿con cuantas personas se ha acostado en los últimos seis (6) meses?

No contestare a eso, siento que esta violando mi privacidad.

Señora, déjeme decirle que debo de saber, si aclaro mi sospecha debo realizar la prueba a quien o quienes hallan sido sus parejas sexuales.

No contestare, y menos delante de ella.

Bien, como diga le llamare cuando estén los resultados, y hablaremos con más calma en la siguiente visita.

Claro, ya me puedo vestir

Si, se le dejara sola para que termine.

La enfermera le pasa la ropa, sin antes dejarla caer al suelo...

Debo de salir de aquí no me agrada mucho este lugar, yo estoy bien, de seguro son alucinaciones del médico, para colmo esta acompañado de esa enfermera, de seguro le ira con el chisme a la otra y comenzaran las criticas en la iglesia.

Pensó... dejare de ir a esa iglesia, a la que me percate que están hablando de mi con relación a lo aquí sucedido. Total, hay más lugares donde pueda confraternizar, esa no es la única.

Luego de vestirse sale al vestíbulo de la oficina para recibir la fecha de la próxima cita médica. La secretaria le pregunta:

-Todo bien señora, se ve pálida.

-No me sentí a gusto con la visita

-A mí también me pasa cuando me tengo que chequear

-Son $25.00 el deducible, y tiene cita en dos semanas para los resultados del Papanicolaous (PAP Test), a qué hora la ubico.

-A las 9:00 am esta bien, mientras mas temprano mejor.

-Claro, le veo luego, excelente tarde

Camino a su casa recibe una llamada de su hija mayor

-Hola, mami, bendición, ¿cómo te fue en el medico?

-Dios te bendiga querida, acabo de salir, hablamos en la casa, estoy condiciendo.

-Ok, hablaremos en la tarde, recuerda que iré a tomar el examen del ASVAB para ver si puedo entrar al ejército.

-Es hoy? Lo había olvidado, realizare una oración para que puedas pasar tu prueba, quédate tranquila querida hija se que lo aprobaras, que tengas excelente día y hablaremos en la tarde.

-Hasta luego, mami.

Decide hacer un recorrido por la playa antes de dirigirse a su casa, quiere estar un tiempo a solas, y meditar sobre lo que le dijo en médico en el consultorio. Debe de reflexionar en cada una de las palabras del medico en lo que le comento de que según una de sus sospechas "algo anda mal"

Pensó: que podría ser eso que comento el doctor, a que se refería, en ningún otro examen me había sucedido algo como eso.

Detuvo su guagua frente a la playa.

Decide bajar de vehículo y caminar un rato por la orilla, dejando que el viento mueva su cabello, comienza a reflexionar:

"Dentro de cada circunstancia que me ha tocado vivir, esta sería la más fuerte, y la mas delicada, no puede ser que tenga alguna enfermedad, mis hijas me necesitan por lo menos para terminar de criarlas e impulsarlas a que sean adultas de bien" - "Dejare que los resultados, no puede haber nada fuera de lo normal, hubiese tenido algún tipo de síntomas y no yo me siento bien, todo debe de estar bien".

"En cada momento de mi he procurado por ser feliz, y de no lastimar a nadie…"

La ligera lluvia interrumpe su estadía en la playa…

Decide abordar su vehículo y marcharse del lugar, llegando a su guagua ve un indigente y le decide ponerle un billete de $20.00 dólares en las manos.

-Gracias, por su generosidad, estoy más que contento, con esto comeré toda la semana, gracias nuevamente señora

-Es lo único que tengo al momento, si desea puedo darle la dirección de un grupo de la iglesia a la cual asisto, que se dedica ayudar a personas desprovistas como usted, queda cerca de aquí y le darán comida y algo de ropa.

Se monta en su guagua y busca bolígrafo y papel para anotarle la dirección...

-Tenga como le explique el lugar queda a dos cuadras de aquí, si desea lo puedo llevar.

-Solo deme la dirección iré en otra ocasión me gusta estar en las tardes en este lugar, aparece una señora igual de amable que usted y me da comida, ya es costumbre esperar por ella.

-Claro, como usted guste, pero no deje de ir

-Intentare ir mañana temprano, me gusta ser el primero en los lugares, y regresar aquí, estar justo a tiempo para mi cena.

-Que tenga una excelente tarde, y Que Dios le Bendiga.

Capítulo IX

-Llevas unos días sin contestar las llamadas…

-No deseo hablar con nadie

-Y eso a que se debe

-Quiero estar en paz

-Algo te pasa, porque tu por lo general no eres así

-Que te puedo decir, simplemente que en estos momentos no quiero escuchar los problemas ajenos, quiero despejar un poco la mente, ya que tengo unas cuantas preocupaciones.

-Eso involucra a muchas personas, en especial a mí, a quien acudiré cuando tenga ganas

-No lo sé, solo digo que en estos momentos no estaré disponible ni para ti ni para nadie

-Yo no soy nadie, soy tu mejor amigo y sabes que puedes contar conmigo para lo que necesites

-Sí, lo sé, lo has mencionado varias veces

-Entonces, que te ocurre, porque tanta indiferencia, antes estabas más que disponible, ahora solo estar reacia a todos nosotros

-Estaré así por unos meses, y ¿qué tiene eso de malo?

Interrupción…

Les están llamando a los Delegados para ir a la oficina, deben de presentarse todos en la reunión con el Presidente…

-Debo irme, esta conversación continuara, me interesa saber que te sucede y porque estas actuando tan indiferente

-Que te valla bien

Recibe una llamada en su celular de su gran amiga Lorna…

-Nena, ¿qué tal? Como te fue en el estudio medico

-Aún no me han dado los resultados

-No puede estar ocurriendo nada, te hubiesen llamado rápido, y ya han pasado unos 8 días de eso.

-Puede ser que tengas, razón, déjame contestar esta otra llamada, por casualidad están llamando del consultorio.

-Bueno, contesta y me dejas saber cómo saliste.

Contesta la otra línea…

-Hola, buenas

-Buenos días, con la Señora Bella

-Si, ella le habla

-Le hablamos del consultorio del Doctor Ortega, debe de pasar los antes posible por nuestras oficinas.

-Paso algo?

-No le podemos contestar por teléfono, Señora, solo el medico es el único encargado de hablar con usted y aclarar todas las inquietudes que usted tenga

-Entiendo, entonces me dice que la cita medica se adelanta

-La verdad que sí, ¿podrá pasar por el consultorio hoy mismo?

-Hoy debo de trabajar, mañana temprano lo hare

-Le esperamos mañana en la mañana, Señora

-Hasta entonces

Enganchando la llamada, pensó en no ir al otro día al consultorio médico, está demasiado asustada como para recibir una mala noticia de parte del doctor y no quiere arruinar la fiesta de despedida de su hija mayor, mucho menos preocupar a ninguna de ellas.

Siguió trabajando durante la tarde, luego paso por algunas tiendas deteniéndose a comprar algunas cosas para la actividad en su hogar.

Pasaron tres días después de la llamada del consultorio médico y no le preocupada para nada insistir en un asunto del cual ella no quería enterarse, siguió asumiendo que todo estaba bien con ella y con su cuerpo.

-Pasen, adelante, están en su casa

-Hermosa, casa y tiene un patio bien grande

-Sí es acogedora, la marquesina y el patio son lo más cómodo posible

-En el pasillo lateral se encentra uno de los baños por si desean ir, y en el patio hay otro medio baño, lo utilizo cuando estamos en la piscina

Con vario invitados entre sus compañeros de trabajo y los que asisten con ella a la iglesia, decide decir unas palabras para su hija mayor...

Su atención por favor:

Hoy es un día muy emotivo, mañana en temprano mi hija tomara un avión para la base miliar en Texas, quise invitarles a todos y todas ya que me llena de mucho orgullo que mi hija se halla convertido en una cadete del Ejercito de los Estados Unidos de América.

Ha sido una lucha por años su crianza, debido al abandono de su padre quienes muchos saben es un adicto a las drogas, no lo culpo ni le guardo rencor aquí en mi corazón, ya que las personas escogen su camino, y el simplemente escogió el suyo.

Cabe mencionar que la crianza no fue fácil, al no tener ese apoyo o no recibir ningún tipo de apoyo, eso no me desmotivo en lo absoluto, y seguí cuidando de mis hijas, hoy en día este es el fruto de haber mantenido una autoestima alta y dedicarle el mayor tiempo posible. Se que cada una de las cosas que hice por ella, vendrán de vuelta en recompensa cuando logre su meta de convertirse en Sargento del Ejercito y ser una persona productiva para esta sociedad.

-Pueden disfrutar de los piscolabis que les he preparado, luego vendrán los mozos a servir la comida, y como les dije al principio, esta es su casa.

-Lorna, tienes un momento, debo comentarte algo en la habitación...

-Vamos

Subiendo las escaleras, se desmaya

-Pero que pasa, auxilio, Bella Betty ser desmayó, alguien que me ayude por favor.

Llegan rápidamente dos delegados, íntimos amigos y deciden ponerla sobre la cama.

Llamen a una ambulancia, no reacciona

-no, por favor, no dañemos tan especial momento, dejen que se me pase el mareo bajare lo antes posible, para seguir compartiendo con ustedes,

-nena, deja que lleguen lo paramédicos y te tomen la presión. ¡No te ves bien!

-dije claramente que No quiero preocupar a nadie. Solo quiero estar a solas con mi mejor amiga Lorna. Por favor muchachos, no hagan ningún tipo de comentario con relación a lo que me sucedió al subir las escaleras, quiero que las personas sigan compartiendo, me daré un baño, me pondré algo mas fresco para el calor y estaré con ustedes lo antes. Al salir de habitación cierren la puerta con seguro.

-Estas seguras de que eso es realidad lo que quieres hacer

-Si, más que segura

-Ok, como digas, los dos estaremos pendiente de ti, por si nos necesitas de nuevo, solo déjalo saber. Estaremos en el patio junto a nuestras esposas.

-Ese es lugar donde deben ambos estar, siempre al lado de sus esposas, protegiéndoles.

Salen los dos hombres de la habitación...

-Me tienes, mal de los nervios, algo pasa y no me lo quieres comentar

-No se que es lo que me está sucediendo, debe ser por la emoción de hoy

-Yo no creo que sea eso, fuiste a buscar lo resultados de los análisis

-La verdad es que no he ido

-Pero que estas esperando, lo más importante que tienen las personas es la saludo, sin eso no hay nada, como algo tan delicado como eso lo has dejado para luego

-Tengo miedo, mucho miedo

Lorna, la abraza, ella comienza llorar

-Hace tres días que debí de haber buscado los resultados y no fui por temor

-Las cosas se enfrentan o se tratan de enfrentar con la mejor actitud, querida Betty

Luego de bañarse y ponerse un traje de tela ligera, decide reunirse de nuevo con los invitados.

-Como te encuentras, le susurran al oído con una voz sensualmente varonil

-Estoy bien, responde ásperamente

Sale al paso una de las muchachas, la comida esta excelente, al igual que los refrigerios. Tu casa es bien fresca tiene muchos arbustos que dejan que circule el aire.

-Es bastante acogedora, y armoniosa

-Desde cuando vives aquí?

-Hace un buen tiempo, llegue con mis hijas pequeñitas, ya llevo algunos doce (12) años, estoy más que adaptada a este lugar

Comienzan a despedirse las personas, se quedaron algunos feligreses de la iglesia para ayudarle a recoger.

-Gracias, a todos por venir y estar con nosotras

-Gracias, a ustedes por invitarnos y recibirnos en su humilde hogar.

Decide prender la música a todo volumen en su emisora favorita, para darle un toque de tranquilidad, mientras recogen la casa.

-Que harás cuando se valla tu hija

-Extrañarla, recuerda que aun me queda la chiquita y debo de seguir criándola

-Hablo de tu salud

-Ir al médico, que más puedo hacer

-Te acompaño mañana querida amiga

-Quieres que te lleve a tu casa

-Llamare un taxi, por lo menos la persona que voy llamar no me va a cobrar dinero

-Oye, me ofendes, ¡ah! Ya se por donde vienes, vas a salir con Wilberto

-Exacto, estaré un rato con él

-Te advierto que tiene una esposa psico y dicen que es peligrosa, es la misma que le rompió el cristal a la chica que llego nueva hace un año

-Yo no voy hacer nada que el no quiera, y como quien dice esta buscando a una cliente, en que se puede alterar esa.

-Solo te lo digo para que lo tengas presente, y recuerda que con estos hombres uno no se puede envolver, con demasiados mujeriegos, ninguno sirve, así que te puedo decir...

-Lo tendré en cuenta, ¡besos!

Capítulo X

-¿Qué te pasa?

-Esa posición me molesta

-Desde cuando te molesta la forma en que te lo hago

-Puedes ir despacio quiero estar concentrada en lo que estamos haciendo

-Estas muy rara, últimamente

-Para nada, no entiendo porque dices eso

-Te estaba acariciando el cabello y me quedé con un mechón de pelo tuyo en la mano, el otro día, y no quise comentarte nada

-Como dices, porque no lo hiciste, bájate de la guagua, ¡BAJATE, LARGO!

-Ok, tranquila, me bajo enseguida

Tras largas horas de espera en la fila, decide llamar al consultorio medico y hablar con la secretaria

-María, es Betty, voy hoy para allá

-Claro Señora, se le espera desde hace un mes, el doctor estará hasta las 5:00 p.m. la pondré en la lista, procura por mi cuando llegué la hará pasar directamente a la oficina del médico.

Antes de irse del aeropuerto, decide buscar en la cafetería a su amiga, Lorna…

-Vamos hoy al consultorio, ya hablé y me están esperando

-¿Ahora?, tendré que dejar a alguien para que me cubra en mi turno, dame veinte minutos en lo que llamo a uno de los muchachos

-Te espero en la guagua

-OK, no te vayas a ir sin mi

Luego de esperar van juntas al consultorio…

-Vas a entrar conmigo, verdad

-Claro chica, no te dejare sola ni un segundo

Estando en el lugar, María, las lleva a la última de las oficinas…

-Aquí estarán más cómodas, esperen unos minutos en lo que el doctor termina con una de sus pacientes

Has pensado que no hay peor cáncer, el cual está ubicado en el corazón de las personas, hablando metafóricamente. No hay, peor enfermedad que la de un espíritu corrompido por el odio, y el rencor. Me pregunto por qué las personas se aferran a una idea la cual tratan de hacer realidad y en algunos casos al fracasar se llenan de rencor y de ira convirtiendo ese sentimiento en un cancer emocional el cual no deja que sean felices.

Viven vacíos sin intención de cambiar su manera de pensar o de tratarmejor a los demás quienes no tienen culpa de sus problemas. ¿Cómo puede haber personas yendo por la vida haciendo daño a otras? Dios se encargará de ellos...

De repente entra el medico... abriendo abruptamente la puerta...

-Buenos días, señoras, como se encuentran el día de hoy

-Bien, ¿cómo se encuentra usted hoy?

-Bien, estamos aquí para discutir sus resultados, no le incomoda que se encuentre su amiga presente.

-No, ¡para nada! Al contrario, quiero recibir el mayor soporte posible

-Los resultados salieron alterados, muestra una codificación sobre un virus (VPH) que tiene usted alterado en su cuerpo, si no lo atendemos prontamente, ese virus se puede convertir en cáncer.

-Como dice, no le entiendo

-Debo realizar unos estudios adicionales. Bien, le diré a la enfermera que busque los medicamentos para poder extraer las muestras de su interior para examinarlas nuevamente.

-Que digo, no se ni que decir, me siento mal por todo lo que me está pasando

-Es delicado el asunto, pero piensa de manera positiva tu eres una mujer fuerte, has pasado por muchas cosas en tu vida, no creo que esto te derrumbe

-Nos vamos, me quiero lagar lo antes posible

-Y que, con el tratamiento y las nuevas muestras, mejor deja que terminen de hacer eso y luego nos vamos

Entra la enfermera graduada...

-Aquí esta la bata, ya usted sabe como debe proceder a ponérsela...

Al salir del consultorio, deciden detenerse a comer algo, en el restaurante de Tío Tito. Ya en la mesa...

-Porqué tan callada

-Solo pienso en todo lo ultimo que me esta ocurriendo y no se ní qué decir, me siento mal por ello

-Debes de ser fuerte, si tienes algo de salud, te mejorarás y continuarás con tu vida, no es tiempo para lamentaciones sino más bien seguir hacia adelante.

-Será un castigo

- ¿Castigo de quién?, Se te olvida que yo no soy tan creyente, además dejá de decir sandeces. La vida es así tan sencillo como eso. A cuantas mujeres se les ha visto metidas en una burbuja imaginaria: " de no serles infieles a sus esposos ", acción tomada por ellas mismas. Llevando solo una vida para sus esposos y los muy sinverguenzas las contagian con enfermedades venéreas.

El llevar una vida plena, comportándote como "supuestamente la sociedad espera" , eso no te dá una garantia, de que nada te va a ocurrir.

Nadie escapa del destino, eso estaba destinado para ti es mi manera de pensar, solo hay que aprender a lidiar con las cosas qué se nos presentan en la vida. Por favor, no te castigues a ti misma, tu has decidido vivir como mejor lo entiendes. Esa es tu vida.

-Disfrutemos la cena, quiero llegar a la casa para poder reposar, tener un respiro sin preocuparme demasiado en el tema.

Luego de un tiempo...

De haber ido al médico y etregarle por seguna ocación los resultados, dejó su trabajo para dedicarse por completo a su familia y hogar.

Hay cosas en la vida por descubrir, antes de dejar este mundo ameno en el que vivimos. Me didicaré hacer las cosas que siempre quise hacer, como lo es aprender a confeccionar pasteles o talvez a coser manualidades, etc.

Descubrir nuevos oficios ya sea por placer, simplemente por el hecho de encontrar algo nuevo para mi.

Ya es tiempo de vivir y dejar que los demás vivan, es momento de no omitir la verdedara felicidad, de experimentar cosas que realmente le otorguen valor y sentido a nuestras vidas. Eso se llama determinación y carácter por uno mismo, amor propio el que no te muestra nadie, sino más bien uno mismo.

¿Porqué dejarlo para despúes, porqúe dejarlo para ya mismo? Si el tiempo va de prisa y no piensa en darnos tregua en está carrera llamada vida. El pasar por esté nuevo proceso, me ha educado lo suficiente para atender mejor mi salud, aprendí alimentarme sanamente ya que el alimento es el mejor regalo que le podemos dar a n uestro cuerpo, así como la oración y las meditaciones son buenas para el espíritu. Con esos hábitos de vida estoy tratando de combatir lo que le sucede a mi cuerpo.

Algo si puedo decir, y es que no soy la misma mujer que lo era antes. Todas las experiencias pasadas me sirvieron de enlace para realizar cambios tan importante que estoy llevando a cabo, rebajé unas cuarenta (40) libras que tuve de sobrepeso.

Continuaré estudiando el confeccionar bizcochos, fue lo que siempre quise hacer y por hacerle caso a personas que no estaban de acuerdo, pospuse mis metas. Esta nueva manera de pensar, me deja tiempo libre para poder crear y confeccionar con amor todo lo que quise lograr con mi mente ambiciosa y llena de ánimos hacia el verdadero cambio.

La transformación que están dispuestos a realizar las personas decididas, emprededores que desean un cambio genuino es majestuoso y pleno para todo aquel que este dispuesto a seguir su intuición. Cada persona debe de protagonizar sus propios desafios, y tomar las riendas de su vida.

La forma en la que esas alteraciones se acercaron a mi vida es un ejemplo de desiciones que tomé en un pasado, y solo queda decir que no estoy arrepentida de nada, todo lo que he vivido lo hice con amor al prójimo. Que cada persona escribe su propia historia, por decisión y no por convicción. Cada cosa que aconteció en mi vida es para purificar mi espíritu, cada evento es para sanar mi alma. Se vive una sola vez.

Printed in the United States
By Bookmasters